谷川俊太郎　序文

土 曜 社

МИСТЕРИЯ-БУФФ

Героическое эпическое и сатирическое изображение нашей эпохи сделанное Владимиром Маяковским

1918 год

Три действия

Пять картин

マ ヤ コ フ ス キ ー

小笠原豊樹　訳

谷川俊太郎　序文

ミステリヤ・ブッフ

土曜社刊

Владимир Маяковский

Мистерия-Буфф

Published with the support of
the Institute for Literary Translation, Russia

ИНСТИТУТ ПЕРЕВОДА

AD VERBUM

言葉の速度

谷川 俊太郎

『ミステリヤ・ブッフ』初演一九一八年、作・マヤコフスキー、演出・メイエルホリド。マヤコフスキーは一九三〇年四月自殺、とされていたが、実は政府の手先による他殺、メイエルホリドは一九四〇年二月銃殺。詩人や演出家が政府に殺されるなんて、今の日本じゃ考えられないと思うかもしれないけど、日本でもぼくが生まれたころそういう時代があった。

今から百年近く昔に書かれた芝居で、しかも元はロシア語、それがいま日本語で読んでもこんなに生き生きと面白いのは、ぼくの友人だった、岩田宏＝小笠原豊樹という詩人で翻訳家でピアノも弾いたひとりの男のおかげ。彼がいなかったらぼくはジャック・プレヴェールもレイ・ブラッドベリもこんなに好きになれなかったと思う。もちろんマヤコフスキーも。
一九一八年といえば日本では萩原朔太郎の『月に吠える』が出たころ。マヤコフスキーはロシア未来派と呼ばれるアヴァンギャルドの一人だったし、朔太郎は日本に革命的に新しい詩をもたらした人だったから、どこかに何か通じ合う新しい魂の動き（と時代の動き）があったのかもしれない。でもその表現はずいぶん違う。たとえばこんな具合。

これは大地が大砲のように吠えて、俺たちのことを訴えたのだ。
これは血に酔った野原を流れる河を、俺たちが増水させたのだ。
俺たちはここに立つ、
戦争の帝王切開により

大地の腹から引き抜かれて。
俺たちは褒めたたえる、
反乱や、
暴動や、
革命の日を。

とマヤコフスキーが書いていたころ、朔太郎は書いていた。

地面の底に顔があらはれ、
さみしい病人の顔があらはれ。
地面の底のくらやみに、
うらうら草の茎が萌えそめ、
鼠の巣が萌えそめ、
巣にこんぐらかつてゐる、
かずしれぬ髪の毛がふるへ出し、

詩劇の脚本と詩稿の違いはあるにしても、言葉の調子が、ひいては作者の社会への対し方がずいぶん違う。他者へとひろがってゆく声高な声と、自分に向かって呟くような低い声。どんな言葉に〈詩＝ポエジー〉を感じるかが、日本語とロシア語では違うのかもしれないとも思う。

詩劇と呼んだけれど、『ミステリヤ・ブッフ』を成立させているマヤコフスキーの言葉＝声は、普通のお芝居のものとは次元が違う。大体場所からして、第一幕　全宇宙ときちゃうんだから。で、第二幕は方舟、第三幕の第一景が地獄、第二景が天国、そして第三景が約束の地。ここだけ読んでもまるでホラ話みたいなスケールの大きさ。

ト書きを見ると、どうやら舞台は地球そのもの。経線と緯線が縄ばしごのように張りめぐらされて、それを伝わって役者が出入りする仕掛けらしい。そしてその台詞ときたら、こんな調子。

「初めのうちは、何もかも単純でした。昼があれば夜がある。その繰り返しですね。ただ、夕焼けと朝焼けが異様に赤く、天と地の境を区切っていた。それから、法律だ、観念だ、信仰だと、いろいろ面倒なことがあって、都会の花崗岩の塊や、太陽の不動のニンジン色が、なんといったらいいか、いくぶん流動的になり、這いまわり、だんだん薄まってきた。」

同じロシア語でもチェーホフと大違いなのは、日本語訳を見ても分かる。どっちが良いとか悪いとかいう話じゃない。この大風呂敷なイメージの火砕流なみの言葉の速度、詩劇よりも言葉のサーカスと呼ぶほうがいいかもしれない。共産主義が金融資本主義になっても、地球が電子の網に捕らわれてしまっても、手紙が携帯メールにまで萎縮してしまっても、彼の言葉が現代に通用するのは、お得意の巧みな暗喩、換喩のしたたかな生命力のせい。

日本で言えば寺山修司が小型のマヤコフスキーといったところか。その彼が死んだのが四七歳、マヤコフスキーは三六歳、二人とも生きてたらどんな晩年を送っただろう。ぼくなんぞは年取るにつれて、自他ともに言葉数が少ないほうがよくなってきているが、二人は多分老いても喋りまくり、書きまくったんじゃないだろうか。

ぼくは知ってる、ことばの力を、ぼくは知ってる、ことばの早鐘を。
それらのことばは、桟敷が拍手喝采するあの音ではない。

（遺稿）

マヤコフスキーは詩人というより劇作家だという意見があるらしいが、寺山もどちらかと言えば詩よりも芝居のほうで、才能を開花させたと思う。もっともギリシャ悲劇の昔から、演劇の言葉は散文よりも詩に近かったのだから、モノローグに陥りがちな近現代詩を、ダイアローグで活性化しようとする動きは、当然だとも言える。マヤコフスキーの詩は叙情の底にドラマを内包していた、彼自身の生涯そのもののように。

ミステリヤ・ブッフ

われらの時代の英雄的・叙事詩的・諷刺的描写

登場人物

1　七組の清潔な人々　アビシニアのネグス（皇帝）、インドのラージャ（領主）、トルコのパシャ（総督）、ロシアの商人、中国人、肉付きのよいペルシャ人、太ったフランス人、オーストラリア人とその妻、僧侶、ドイツ将校、イタリア将校、アメリカ人、大学生。

2　七組の不潔な人々　煙突掃除人、点灯夫、運転手、お針子、坑夫、大工、小作人、召使、靴屋、鍛冶屋、パン職人、洗濯女、エスキモーの漁師と猟師。

3　ヒステリーの女。

4　悪魔たち　閻魔とその本部の人々、二匹の悪魔（伝令）。

5　聖者たち　雄弁家（聖者ヨハネ）、レフ・トルストイ、メトセラ、ジャン・ジャック・ルソー、その他。

6　物たち　機械、パン、塩、鋸、針、ハンマー、本、その他。

7　ただの人間。

場所

第一幕　全宇宙。
第二幕　方舟。
第三幕　第一景　地獄。
　　　　第二景　天国。
　　　　第三景　約束の地。

プロローグ（七組の不潔な人々の）

これは大地が大砲のように吠えて、俺たちのことを訴えたのだ。
これは血に酔った野原を流れる河を、俺たちが増水させたのだ。
俺たちはここに立つ、
戦争の帝王切開により
大地の腹から引き抜かれて。
俺たちは褒めたたえる、
反乱や、
暴動や、
革命の日を。
ずきずきする頭蓋を感じながら
歩みつづけるきみを！
俺たちの二年目の誕生日を迎えて、

世界は大人になった。
昔、
遠くに汽船が現れ、
煙を吐いて、
スズキの住む鏡のような水面を滑って消えた。
きみは永いこと煙の伝説を信じて生き、
こうして生活は今日まで俺たちの手からすりぬけてきた。
聖書や、
コーランに書かれたのは、俺たちから
「失われ、やがて取り戻される」楽園のことで、
ほかにも
いろいろ
そんなたぐいの本がたくさんあった。
どの本も死後の喜びを言葉巧みに約束した。
だが、俺たちはここで、
この地上で暮らしたいのだ。

樅《もみ》の木や、家や、道路や、馬や、草などより
高くもなく、
低くもない所で。
品のいい甘い菓子にはうんざりだ、
でっかい黒パンを食わせろ！
紙に書いた色事にはうんざりだ、
生きた嬶《かかあ》と暮らしてえ！
見ろよ、
劇場のクロークには、
オペラのスターの豪華な衣装やら、
メフィストフェレスのマントやら、
ないものはない！
衣装係の爺さんは俺たちの身体に寸法を合せたわけじゃなかった。
なあに、
不細工な衣装だろうと、
構わない、

俺たちの衣装だもの。
俺たちの場所をあけろ！
今日、
劇場の埃の上に輝き始めるのは
俺たちのスローガンだ、
「すべてを新しく！」
すくんでろ、びっくり仰天して！
幕をあけろ！

一同、解散。古い劇場の遺物のような装飾過剰の幕を引き裂く。

第一幕

オーロラの光をバックに、地球がその一極を氷の床に支えられている。地球全体に、経線と緯線の大綱が梯子段のように交差している。地球を更に二頭のセイウチが支えていて、その間でエスキモーの猟師が地べたに指を突っ込み、すぐ前の焚火のそばでのんびり寝そべっているもう一人のエスキモーに、大声で喚いている。

エスキモーの猟師　おい、助けてくれ！　たのむよ！
エスキモーの漁師　でっかい声だな。地べたに指を突っこむよりほかに、仕事がねえのか。
猟師　穴なんだよ。
漁師　穴？　どこに？
猟師　流れてるんだ。
漁師　流れてる？　何が？
猟師　土地がさ。

漁師　（とびあがって駆け寄り、押さえつけている指のあたりを仔細に見る）や、や、や、こりゃ悪魔の仕業だ！　ちきしょうめ！　北極一帯に知らせてこなきゃ！

走っていこうとする。漁師にむかって、地球の斜面の陰から、服の袖を捲りあげたフランス人が飛び出して来る。すこしの間、ボタンを探し、それが見つからないので、毛皮外套の毛を掴んで両手を暖める。

第一場

フランス人　ムッシュー・エスキモー！　ムッシュー・エスキモー！　急ぎの用なんだ。二分間、話を聞いてくれるかい……。

漁師　ほう、二分間ね……。

フランス人　こういうわけなんだ。今日、ぼくはパリの自宅で、のんびり、ヒレ肉を食っていた。ほかにも何か食っていたと思うけど、記憶にない。で、ひょっと見るてえと、のっぽのエッフェル塔の様子がどうも変だ。これはドイツのはったりじゃないのかな、ぼくはそう思ったね。次の瞬間、凄いどよめきだ。ぼくは屋上に駆け登った。建物の骨組を取り巻いて、たくさんの大波が、気ぜわしく、われ先に走ってるんだが、その波にゃ水が一滴もないんだなあ。そんなけったいな波があたり一帯を呑み込んでる。パリは、なんだか知らんが一触即発状態で、全体が狂った海のうわごとみたいだ。目に見えない波が低音で唸ってる。そうして建物の陰にも、上にも、下にも、前にも、軍艦また軍艦、超弩級艦だらけなんだ。これが果してドイツのはったりなのかどうか、じっくり考えるひまもあらばこそ、ぼくは、なにしろ、なんといったらいいのか……

漁師　早く言えよ、なんでもいいから！

フランス人　全身ずぶ濡れなんだ。よく見れば全然濡れてないのに、ぽたぽた、ぽたぽた、雫が垂れる。と、突然、ポンペイ最後の日の情景の再現さ。パリは根こそぎ引っこ抜かれて、燃えさかる世界の溶鉱炉に投げこまれた。流されてゆく村落の波のうねりのてっぺんで、ぼくは我に返った。ヨット・クラブでの経験が、どうやら役に立ったようでね。こうして今、あんたの前にいるぼくは、ヨーロッパのたった一人の生き残りということらしい。

漁師　そりゃまた、寂しいな、たった一人とは。

フランス人　もちろん、こんな騒ぎは納まるさ。せいぜい二、三日でね……

漁師　いや、そういうヨーロッパ風の駆け引きはしないで、ざっくばらんに言ってくれ！　一体全体どうしろというわけ？　ここもいろいろ忙しくて、あんたに構っちゃいられないんだよ。

フランス人　（水平にゆびさして）失礼して……あんた方の尊敬すべきセイウチ諸君と一緒に、火にあたらせていただけるかな！

漁師はいまいましそうに焚火にむかって手を振り、このニュースを仲間に伝えに行こうと、反対側に向かって歩きだし、反対側の斜面の陰から走ってきたずぶ濡れのオーストラリア人とその妻に出くわす。

第二場

漁師　（驚いて、後ずさりする）けたくその悪いやつらが、まだいたのかい?!

オーストラリア人とその妻　（声を揃えて）わたしたちはオーストラリア人です。

オーストラリア人　わたしはオーストラリア人です。オーストラリアには、なんでもありました。例えば、カモノハシとか、椰子の木とか、ヤマアラシとか、サボテンとか……

オーストラリア人の妻　（感情がこみあげてきて泣きながら）それがみんな水に呑みこまれました……今はもう何もかも水底に沈んでいます。

漁師　（長々と横になっているフランス人をゆびさして）あの人んとこへ行きなさい！　あれもさみしい人だから。

エスキモーの漁師は行きかけて、足をとめ、地球の両側から聞こえてくる二つの声に耳を傾ける。

第一の声　そうれ！　帽子だ。
第二の声　そうれ！　兜だ。
第一の声　きびしくなってきたぞ！　北緯の緯線に掴まるんだ！
第二の声　かんかんに怒ってるぞ！　南緯の緯線を掴んで放すな！

第三場

地球の経線と緯線の大綱を伝っていた、ドイツの将校とイタリアの将校が、同時に地球から転げ落ち、親しそうに双方から抱き合う。「握手しよう！」ここで初めてお互いに敵であることを認識し、差し伸べた手を引っ込め、やにわにサーベルを抜いて渡り合う。

イタリア将校　わかっていたらなあ、いまいましいシヴァーベン野郎め！
ドイツ将校　いまいましいイタリア野郎め、俺だってわかっていたら！
イタリア将校　エヴィーヴァ・イターリア！

ドイツ将校　ホッホ・ファーターラント！

渡り合っている二人に、フランス人が割って入る。更に、オーストラリア人がイタリア将校を抱きしめ、オーストラリア人の妻がドイツ将校を抱きしめる。

フランス人　よしなさい、きみたち！　沈んじゃったんだ！　ファーターラントなんて、祖国なんて、どこにもないんだ。
二人の将校　（サーベルを納めながら）それだったら、こんなことをする必要はないな。
漁師　（呆れたというように頭を横に振る）なんだ、同じ穴のムジナか！

また行こうとしたエスキモーの頭の上に、ロシアの商人が落下してくる。

第四場

ロシアの商人　いやあ、みなさん、これは醜態というしかない。わたしがアジアをどう思うか、ですと？　だいたい、アジアを滅ぼせというのが、信心ソビエトの決議でね。しかも、わたしがアジア人だったことは生まれてこの方一度もない！　（いくらか落ちついてきて）初めはぽつぽつだったが、やがて本降りになって、だんだんひどくなり、ざんざん降りで、道は川になって、とうとう屋根が破られた……

一同　しいッ！　静かに！

フランス人　きこえますか。きこえますか、あの足音？

近づいてくる大勢の声。

大勢の声　洪水が！　洪水により！　洪水にたいし！　洪水について！　洪水の！

第五場

先頭にアビシニアのネグス、そのあとに中国人、ペルシャ人、トルコのパシャ、インドのラージャ、僧侶、大学生、ヒステリーの女。この行列は、四方から流れ込む七組の不潔な人々によって塞き止められる。

ネグス　やあ、こんにちは！　ごらんの通り、あたしは雪より若干黒いけれども、にもかかわらず、紛れもなく、アビシニアの皇帝、ネグスである。あたしは今しがた、あたしのアフリカを棄ててきました。アフリカじゃ、ナイル河がウワバミのように蛇行しとります。そのナイルがなぜか立腹して、王国を河のなかに押しこんだ。あたしのアフリカは、こうして川底に沈みました。領地こそなくなったけれども、にもかかわらず、あたしは……

漁師　（いまいましげに）……にもかかわらず、やあ、こんにちは、だと。変ったひとだねえ！

ネグス　お忘れなきよう！　あたしは皇帝、ネグスである。そのネグスは何か食べたい。そこにいる、それは何かな。犬だな。食べたら、さぞかし旨かろう！

漁師　ふざけちゃいけない、犬だなんて！　これはセイウチ。犬じゃないよ。そのへんに座っててくれませんかね。せっかくの衣装を汚さないようにね。（ほかの人たちに）旦那方は何か御用？

中国人　何も用ない！　用ない！　私の中国、水の中！

ペルシャ人　ペルシャ、私のペルシャは水の底！

インドのラージャ　インドでさえ、世界に冠たるインドでさえ……

トルコのパシャ　トルコで残ったものといったら、思い出だけだ！

すでに来ていた人々の声、「しーッ、静かに、あのどよめきは何だろう」。

ヒステリーの女　（悲しみと興奮のあまり、人々から離れ、両手を組んで揉むように動かしている）ねえ、もう我慢できない！　こんな獣のような人たちと一緒にはいられない。私を解放してください、愛のある所へ、遊びのある所へ。この手摺は、だれなの。血だらけの河岸に並んでいる、この手摺の影は？　ねえ、もう我慢できない！　どんなふうに愛したらいいのか、それさえ忘れてしまった。解放して！　もういや！　通り過ぎたい！　子供が欲しいの、夫が欲しいの。愛されずに生きることなんかできない。ねえ、もう我慢できない！
フランス人　（女を宥める）そんなに目をこすっちゃだめだなあ……唇を噛まないで……（焚火に寄ってくる不潔な人々に、尊大な口調で）ところで、きみたちはどこの国民？
不潔な人々　（声を揃えて）俺たちは流浪の民でさ、世界中ほっつき歩くのに慣れてるよ。どこの国民でもない。強いて言うなら、俺たちの労働こそ俺たちの祖国さ。
フランス人　古臭い決まり文句だなあ！

びっくりした清潔な人々の声、「これはプロレタリアだよ！　プロレタリア……プロレタリア……」

鍛冶屋　（かなり立派に突き出たフランス人の腹をつついて）洪水の音がきこえますかね。
洗濯女　（フランス人に、あざ笑いの甲高い声で）ベッドで一眠りしたいんだろ？　お前みたいなのを、塹壕か、炭鉱の縦坑《たてこう》にでも追い込んでやったら、どんなもんかね。
通りかかった坑夫　（ちょっと得意そうに）そう、俺たちは平気さ。こういう濡れ鼠みてえなのは、ちょくちょく見かけたがね。

不潔な人々は、寒さにちぢこまっている清潔な人々を、汚らわしいもののように押し退け、焚火の周囲に陣取る。清潔な人々は、その背後を丸く取り囲む。トルコのパシャが中央に出てくる。

パシャ　回教徒のみなさん！　一体何事が起こったのか、よくよく検討してみようではありませんか。現象の本質を突き止めなければならん。
ロシアの商人　問題は簡単でね。要するに、この世の終りですな。
僧侶　いや、わたしは洪水だと思います。
フランス人　洪水じゃない、全然ちがいますな。洪水なら、雨が降る筈だ。
インドのラージャ　そう、雨は降らなかった。
イタリア将校　つまり、そういう考え方も馬鹿げているということで……
パシャ　しかし、それにしても、回教徒のみなさん、一体全体これはどういうことでしょうな。ひとつ、その根本のところを抑えてみようじゃありませんか、回教徒のみなさん。

ロシアの商人　わたしが思うに、どうも人民が従順じゃなくなってきたようだ。
ドイツ将校　やっぱり戦争のせいじゃないのかな。
大学生　いや、原因は別にあると思います。ぼくが思うには、形而上学の問題が……
ロシアの商人　（不満そうに）戦争は形而上学の問題でしょうが。アダムの昔からそうだった。
声々　順番に！　発言は順番に！　騒いじゃだめだ。
パシャ　しいッ！　順序正しく発言して下さい。学生さん、きみの番だ。（大学生を弁護するように）このひとは喋りたくて喋りたくて、もう涎を垂らさんばかりなんだから。
大学生　初めのうちは、何もかも単純でした。昼があれば夜がある。その繰り返しですね。ただ、夕焼けと朝焼けが異様に赤く、天と地の境を区切っていた。それから、法律だ、観念だ、信仰だと、いろいろ面倒なことがあって、都会の花崗岩の塊や、太陽の不動のニンジン色が、なんといったらいいか、いくぶん流動的になり、這《は》いまわり、だんだん薄まってきた。と思う間もなく、すべてが流れ始めた！　通りは川のようになり、溶けた建物が別の建物におっかぶさった。全世界が革命の熔鉱炉のなかで熔解して、巨大な瀑布に向かって流れて行きます……
中国人の声　みなさん、気を付けて！　霧雨が降りだしますよ。
オーストラリア人の妻　かわいい霧雨！　豚の子みたいにずぶ濡れよ！

ペルシャ人　世界の終りが近づいたようだが、われわれはこうして集まって、泣いたり笑ったり怒鳴ったり、か。

イタリア将校　（地球の極に身体を押しつけて）ここにいらっしゃい！　もっと詰めて！　ここなら雨はかかりません。

ロシアの商人　（エスキモーの猟師はエスキモー特有の辛抱強さで極地の穴を指で塞いでいたが、その猟師をやにわに膝で乱暴に押して）おい、こら！　もっとそっちへ詰めろ。セイウチのとこまで！

エスキモーの猟師は飛びのく。開いた穴から、水が噴出し、その場の人々にかかる。清潔な人々は、意味不明瞭な悲鳴をあげて飛びのく。「い・い・い・い！　う・う・う・う！　あ・あ・あ・あ！」一分後には、みんな噴出の場所に飛びつく。「しめろ！　ふさげ！　おさえろ！」みんな吹き飛ばされる。ただ一人、オーストラリア人だけが地球のそばに残り、穴に指を突っ込んでいる。一同大騒ぎのなかで、僧侶が薪の山に登る。

僧侶　兄弟よ！　私たちにはもう一寸の土地も残されてはおりませぬ。最後の一センチまで水に漬かっております。

不潔な人々の声　（小声で）あれ誰だ。髭を生やした戸棚みてえな、あいつ。
僧侶　そして四十日四十夜のあいだ……
ロシアの商人　なあるほど！　神様の入れ知恵にしちゃ、上出来だ！
大学生　歴史上の前例もあります。有名なノアの一件を思い出して下さい。
ロシアの商人　（僧侶に代って司会の仕事を引き継ぎ）そりゃ馬鹿げてる。歴史とか、前例とか、そういうことは、だいたい……
声々　脇道にそれるな！
ロシアの商人　じゃあ、みんなで、そのハク舟とやらを、とにかく拵えようじゃないか。
オーストラア人の妻　賛成！　ハコ舟を作りましょう。
大学生　結構ですね！　汽船を造りましょう。
インドのラージャ　汽船を二隻ね。
ロシアの商人　そう、二隻！　資金は必要なだけ私が出します！　昔のノアたちだって助かったんだ。われわれはノアとその一党よりゃ、よほど利口だからね。
全員の叫び　ばんざあい、科学技術ばんざあい！
ロシアの商人　方舟建造に賛成の方は、挙手願います。
全員の叫び　手なんか挙げるまでもない。みんなの顔を見りゃわかる。

清潔な人々も、不潔な人々も、挙手する。

フランス人　（ロシアの商人に代って司会の仕事を引き継ぎ、挙手している鍛冶屋を憎々しげに見る）きみも賛成か。無理をしなくてもいいんだぜ。ねえ、みなさん、不潔な連中は連れて行かないことにしませんか。いずれ、われわれの悪口を言うにきまってるんだから。

大工の声　あんた、鋸や鉋が使えるかな。

フランス人　（うなだれる）いや、訂正します。不潔な連中も連れて行きましょう。

ロシアの商人　ただ、酒を飲まぬ、丈夫な者を選ばなきゃね。

ドイツ将校　（フランス人に代って司会の仕事を引き継ぎながら）しいッ、諸君、この不潔な連中と、そうやすやすと妥協する必要はないんじゃないかな。幸い、世界の五大陸のうち、五番目の大陸の現状について、われわれは無知も同然でしょう。怒鳴り合っているだけで、われわれのなかにアメリカ人がいるかどうかさえ、調べようとはしなかった。

ロシアの商人　（嬉しそうに）いいとこに気がついた！　このひとはただのドイツ人じゃない、ドイツの高官というか、お偉いさんじゃないのかな。（この喜ばしいニュースを、オーストラリア人の妻の悲鳴がつんざく）なにごとだ。

緊張しきっている一同にむかって、観客席からアメリカ人が出てくる。

アメリカ人　こんにちは、みなさん！　方舟を造っているのは、こちらですか。これをどうぞ（と、小切手を差し出す）。アメリカが水没したあとに残った、二億ドルの小切手です。

みんな落胆して、黙り込む。と突然、水の噴出を抑えていたオーストラリア人の号泣がきこえる。

オーストラリア人　なんでぼんやり見てるだけなんだ。見世物じゃないんだから。畜生、もう引っこ抜くぞ！　指が凍っちまった……

清潔な人々、慌てる。諂《へつら》うように、不潔な人々に話しかける。

フランス人　（鍛冶屋に）それじゃ、方舟造りでも始めますか、同志？

気立てのいい鍛冶屋　始めますかって言われても……俺一人じゃ……（不潔な人々に手を振る）おーい、同志たち！　行くべ！　行くべ！

不潔な人々、腰をあげる。鋸、鉋、ハンマー。

——幕——

第二幕

方舟の甲板。波に破壊された土地の展望が四方にひろがっている。縄梯子の絡んだマストが、低い雲に立てかけられている。横手に、司令室と、船艙の入口がある。清潔な人々と不潔な人々が、近くの船べりに並んでいる。

小作人　全くなあ！　こんな景色は見なきゃよかった。
お針子　見て、あそこ。波じゃなくて、塀みたい。
ロシアの商人　お前さん方とつきあって、ろくなことはないな。いつだってこんな調子で、わけがわからん。それで航海とはね！　海の古強者が聞いて呆れるばっかりだ。
点灯夫　そうら、また来た！　凄い声で呻いてる。
お針子　塀だなんてとんでもない！　ぶ厚い壁よ。
フランス人　ほんとだ、実に馬鹿げている！　心の痛みをこめて、おくやみ申しましょう。私はむしろ、この際、じっとしていたいですね。地球はまだまだ頑丈なもんです。何と言おうと、ここは極地なんだから。
小作人　あんた方が言うところの「海の古強者」が、でっかい波みたいにごろごろしてるよ。
二人のエスキモー、運転手、オーストラリア人夫妻が、同時に「ほら、あれ何だろう。アラスカはどうなった?」
ネグス　すっ飛んだようだね。投石器の石ころのようにな。
ドイツ将校　まさしく飛んで行った!
エスキモーの猟師　アラスカはもうないんだね?
エスキモーの漁師　もう、ない。
一同　さよなら!　さよなら!　さよなら!
フランス人　(思い出で胸が詰まって、泣く) なんてこった、なんてこった!　昔、家中がお茶のテーブルに集まって、イクラだとか、味つきパンだとか……
パン職人　(足の爪の伸び具合を測りながら) ほんとだね、昔はよかった!　でも、ぜんぜん惜しくはないな。
靴屋　ウオッカがちょっぴりあるけど、グラスはあるかい?

召使　あります。

坑夫　じゃ、みんな、船艙さ行くべ！

エスキモーの猟師　あのセイウチ、どうだった？　あんまし食うとこ、ねえんじゃねえか。

召使　食うとこ、ねえどころか、うまそうにこんがり焼けてら。

清潔な人々のみ残る。不潔な人々は歌をくちずさみながら船艙へ降りて行く。「俺たちに失うものなし。洪水なんか怖くねえ。そりゃ足はくたびれたさ、世界中歩いたからね。よいしょと、汽船で一休み！　ああ、どっこい！　こんがり焼けたセイウチ食らって、ウオッカ飲むのも乙なもの！　ああ、それ、乙なもの！」清潔な人々は、めそめそしているフランス人を取り囲む。

ペルシャ人　情けない！　泣くのはよしなさいよ！

ロシアの商人　まあ、みんなでなんとか頑張って、アララート山まで辿り着くさ。

ネグス　辿り着かないうちに、腹が減って死ぬかもしれない。（船艙の騒ぎに耳を傾ける）

僧侶　騒いでおるね！

大学生　しょうがないやつらです！　魚を捕まえて食ってる。

僧侶　網か、銛でもって、われわれもひとつ、魚を捕まえよう！

ドイツ将校　銛でもって？　銛の使い方、わかりますか。銃剣で人間を突き刺すのなら得意なんだが。
ロシアの商人　実は私、網を打ってみたんだ。魚を捕まえて食おうと思ってね。しかし、へとへとに疲れてたから、何も網にかからず、海草がちょっぴり、ひっからまっていただけでさ。
パシャ　（悲しそうに）なんという浅ましさだろう。一流の商人が海草を食うなんて。
イタリア将校　（意味深長に指を一本立てて）わかった！　（ドイツ将校に）ねえ、きみ！　ぼくらは、あのとき、どうしてああだったんだろう。どうして二人とも、ああ興奮したんだろう。今のぼくらには共通の敵がいる。（船艙をゆびさす。ドイツ将校の腕をとり、みんなから少し離れた場所へ歩きながら言う）ちょっと相談しておきたいんだけれども、要するにだね……（小声で何事か相談し、みんなの所へ戻って来る）
ドイツ将校　（演説口調で）みなさん！　われわれはみな清潔な人間である。そんなわれわれが労働に汗を流す必要が果してあるだろうか。われわれに代って、あの不潔な連中に労働してもらおうではないか。
大学生　ぼくもあの連中に代ってもらいたいなあ！　ぼくなんか役立たずですからね、こんなひょろひょろで。あの連中はでかいし、肩幅が広いし。
イタリア将校　だから暴力沙汰はまずいね！　暴力はなしにして、酒を飲むもよし、わあわあ騒ぐもよし。そうして食うものを食ってしまうまでは、豚のようにわれわれがあいつらを飼っておく、と。
ドイツ将校　あいつらの皇帝を選んでやろう！
一同　（びっくりして）皇帝、どうして？
ドイツ将校　つまりですね、皇帝はお触れを出すでしょう、すべての食い物は朕《ちん》に捧げよ、ってね。そして皇帝は召し上がる。臣下のわれわれも食べる。
一同　なあるほど！
パシャ　うまい！
ロシアの商人　（嬉しそうに）だから言ったでしょ、ビスマルクみたいなお偉いさんだって！
オーストラリア人夫妻　今すぐ選びましょう、皇帝を！
何人かの声　でもだれを選ぶんです。だれを。
イタリア将校とフランス人　ネグスがいい。
僧侶　賛成！　あの男に手綱を与えよう。
ロシアの商人　手綱というと……
ドイツ将校　言い換えるなら……権力とでも申しておきますか……しかし表現に難癖をつけても始まらんでしょう。意味は一つなんだから。（ネグスに）さあ、即位して下さい。（フランス人とパシャと大学生に）あなた方は勅令の起草にかかって下さい。慈悲深い神のご意志により、とかなんとか、まあ、そんな調子でね。われわれは、連中が這い出して来ないように、ここで頑張ってますから。

パシャたちは勅令を起草する。ドイツとイタリアの将校二人は、船艙の出口の前にロープを張る。不潔な人々がよろよろ這い出てくる。最後の一人が甲板に這い出たとき、ドイツ将校とイタリア将校はロープの端を持って場所を交替し、不潔な人々はロープで一纏めに縛られたかたちになる。

第一場

ドイツ将校　（靴屋に）こら！　貴様！　出て来て、宣誓するんだ。誓え！

靴屋　（事の次第が呑み込めない）地下へ、って、あそこで（船艙を指して）寝てていいのかね。

イタリア将校　俺に寝かされたら、百年経っても目は醒めないぜ！　中尉殿、ピストルを貸して下さい！

フランス人　どうした！　酔いも醒め果てたか！　ま、そのほうが事は簡単にすむだろう。

何人かの不潔な人々　（悲しげに）計られたな、兄弟！　これじゃ、シチューのなかの鶏肉同然。

オーストラリア人　脱帽！　だれだ、帽子をかぶってるのは。
中国人と、インドのラージャ　（今やネグスの部屋となった司令室の前に立っている僧侶をつつい て）さあ読んでくれ、みんな息を殺して待ってる！
僧侶　（勅令を読み上げる）慈悲深い神のご意志により、われら、すなわち不潔な人々によって こんがり焼かれた鶏肉の皇帝、および鶏卵の大公は、六枚の皮を剥いでも七枚目は決して剥がず、なんぴとからも七枚の皮を剥がぬ者であるが、今、忠良なる臣民に告ぐ。魚、パン、野菜、豚肉、その他、およそ食用に供されるすべてのものを、汝ら曳き来たるべし。あまたの良品を、元老院は精査し、徴発して、われらを饗応するに吝《やぶさ》かではない。

パシャとラージャが即興的に元老院をつくり、合の手を入れる。「かしこまりました、陛下！」

パシャ　（いろいろと指図する。オーストラリア人には）きみは船室へ行きなさい！　（オーストラリア人の妻には）あんたは倉庫係だ！（みんなには）不潔な連中が高価なものを食べないように注意してください。（ロシアの商人には、パン職人を縛り上げながら）きみはこの男を連れて船艙に降りて下さい。私とラージャは甲板ですべてを監視します。（みんなに）食料はここへ運んで、運んだらみなさんはそれぞれの持ち場へ帰って下さい。（清潔な人々の喜びの叫び）食料品を山と積み上げましょう！

僧侶　（満足そうに両手を揉みながら）そのあとはキリスト教の風習に従って、仲良く獲物をわけることにしましょう。

第二場

二人の将校に護送されている不潔な人々は、うなだれて船艙へ降りて行く。甲板をぶらぶら歩いている元老たちを除いて、ほかの清潔な人々もそのあとから船艙に降りる。最初にオーストラリア人が戻って来る。巨大な皿に小さなセイウチを載せて。その皿をネグスの前に置くと、まっすぐ船艙へと戻る。

第三場

中国人と、オーストラリア人の妻　（パン職人を護送しながら）こいつ、クリーム・ケーキを食べさせてくれの一点張りだ。復活祭でもないのにね。

第四場

大学生　（大工を護送しながら）こいつ、ニシンをもってる。半分は食っちゃってるけど。

第五場

ロシアの商人　（運転手を護送しながら）この男、ソーセージを隠していたのを摘発されてね……

第六場

僧侶　（お針子と洗濯女を連れている）砂糖です。すんでのことに、この子らの口に入っちゃうとこだった。

第七場、第八場、第九場

みんなと同じく、フランス人も戻って来る。ペルシャ人が出入りを繰り返し、てきぱきと酒壜を運ぶ。元老が束ねたドーナツを運んできて、船艙に姿を消す。すこしの間、舞台にはネグス一人が残り、運びこまれた食料をがつがつと食らう。まもなく、くたびれた清潔な人々が這い出てきて、自慢話をしながら玉座に近づく。

フランス人　ローストビーフを見つけましたよ。それも全然手のついてないのを！

中国人　そりゃどんな味か、知りたいものです。
オーストラリア人　セイウチの肉を手に入れました。赤身で、汁気たっぷり。
ラージャ　みなさん、おなかが空きましたか。
フランス人　もちろん！（僧侶に）あなたも、おなかが……？
僧侶　ぺこぺこ！

　フランス人たち、玉座に躙《にじ》り寄る。ネグスの皿の上はからっぽだ。みんな恐ろしい声で、「なんだ、こりゃ。韃靼《タタール》軍が荒し回った跡か?!」

僧侶　（仰天して）一人でしょう？　よくもまあ、一人でこれだけ食いつくしたもんだ！
パシャ　満腹した奴の面に、一発、噛ましてやりたいね。
ネグス　黙んなさい！　あたしはもともと皇帝である。
ドイツ将校　皇帝だと！　皇帝ねえ！　できるものなら這ってごらんなさい、われわれのように……
イタリア将校　ひもじい胃の腑を下にしてね。
僧侶　あいつはユダだ！

ラージャ　やれやれ！　こんなことになろうとは、夢にも思わなかったなあ。
ロシアの商人　寝ましょう。寝て果報待て。朝には何かいい知恵が浮かぶかもしれない。

みんな横になる。夜。空を急ぎ足で月が通過する。月が傾く。蒼い朝の光のなかに、イタリア将校の姿が立ち上がる。そのそばでドイツ将校が身を起こす。

イタリア将校　まだ寝てるのかい。
ドイツ将校　（首を横に振る）
イタリア将校　こんな時間によく目が醒めたな。
ドイツ将校　やっと寝つけたと思うと、腹んなかで喋ってる声がきこえるんだ。いや、構わねえから、いくらでも喋ってくれ。おれは平気だよ。
ロシアの商人　（口を挟む）みんなカツレツの夢を見てるんだ。
僧侶　（離れた場所から）カツレツのほかに見る夢なんかないからなあ。（ネグスに）この罰当たりめ！　脂ぎって、てかてかに光って。
オーストラリア人　寒い。それに夜は湿っぽい。
フランス人　（短い沈黙のあと）ちょっと聴いてくれ、みんな……ぼくはなんだか、民主主義が好きになってきたみたいなんだ。
ドイツ将校　それは珍しい！　ぼくなんざ、昔から、民衆というだけで無我夢中だったね。
ペルシャ人　（意地悪な口調で）へえ、じゃ、陛下に服従しようって言いだしたのは、どこのどなたでしたっけね。
イタリア将校　そういう意地の悪い言い方はやめませんか。独裁政治というのは政治形態としてはもう古臭い。それは間違いない事実じゃないかな。
ロシアの商人　アルコールが一滴も口に入らなくなったら、古臭くもなるだろうよ。
ドイツ将校　全く！　その通り！　改革の機運が熟してきたようだね。もう喧嘩してる場合じゃない。罵り合いはお終いにしよう！
一同　（声を揃えて）ばんざあい！　憲法制定議会ばんざあい！　（ハッチをあけて）ばんざあい！　ばんざあい！　（お互いに肩を抱き合って）大いにやろうじゃないか！　頑張ろう！

第十場

ハッチから、目を覚ました不潔な人々がぞろぞろと出て来る。

靴屋　なんだ、こりゃ。飲み過ぎか。

鍛冶屋　船が故障したか。
ロシアの商人　市民諸君、これから集会です！　（パン職人に）きみ、きみは共和政治に賛成ですよね。
不潔な人々　（いっせいに）集会？　共和政治？　一体全体どうしたんだ。
フランス人　待ってくれ！　今、インテリゲンチヤが説明しますから。（大学生に）おおい、きみ、インテリゲンチヤ！

「インテリゲンチヤ」とフランス人、司令室の屋根に登る。

フランス人　それでは、集会の始まりです。（大学生に）きみの発言から、どうぞ。
大学生　市民のみなさん！　この皇帝と自称する男の食欲たるや、われわれには到底我慢できるものではありません！
みんなの声　異議なし！　弁士の言う通りだ。
大学生　この調子だと、この罰当たりは、じきに残りの食料を食い尽くすにちがいありません。
一人の声　異議なし！
大学生　これでは、われわれのうちのだれ一人として、アララート山には行き着けないでしょう！
声々　異議なし！　その通り！
大学生　もう沢山です！　錆びついた鎖を断ち切ろうではありませんか！
一同のどよめき　倒せ！　独裁政治、打倒！
ロシアの商人　（ネグスに）お前さんは血をぐびぐび飲んで、みんなの地球をよごした……
フランス人　だから、お前さんは、アロン・ザンファン、水んなかだ！

一同、力を合せてネグスを船べりまで動かし、船べりのむこうへ投げこむ。それから清潔な人々は不潔な人々と腕を組み、歌いながら行ったり来たりする。

イタリア将校　（坑夫に）同志！　信じてもらえないかもしれないが、ぼくは今、嬉しくて嬉しくてたまらないんだ。だって、長年の障害物がなくなったんだもの。
フランス人　（鍛冶屋に）おめでとう！　長年の社会的基盤は今や崩壊したね。
鍛冶屋　（曖昧に）そうだね。
フランス人　あとは今後の建設を待つのみだ。今のところ、からっぽだから。
僧侶　（お針子に）今こそ、われわれはあんた方の味方で、あんた方はわれわれの味方なんだよ。
ロシアの商人　（満足そうに）その通り！　ちょっとペテンくさい言い方だがね。
フランス人　（司令室の上で）さて、市民諸君、お遊びの時間はもうお終いにして、民主主義的権力の組織にかかろうじゃありませんか。市民諸君！　事を至急かつ迅速に運ぶために、われわれ——主よ、ネグスの魂に安らぎを与え給え——十三名が大臣および次官の仕事に従事しましょう。そして民主共和国の人民である諸君は、セイウチを捕らえ、靴を繕い、パンを焼く、と。異存はありませんね？　決をとったことにしてもよろしいですね？
小作人　結構です。尻を取られるのは、ちょっと困るけどもね！
一同　ばんざあい！　民主共和国ばんざあい！
フランス人　では、（不潔な人々に）諸君は早速仕事にかかって下さい。（清潔な人々に）ぼくらはペンをとりましょう。仕事の成果はすべて、ここへ持ってきて下さい。みんなに公平に分配しますから。最後に残ったシャツ一枚は、ふたつに裂いて分配します。

第十一場、第十二場

清潔な人々はデスクを据えて、書類の整理をしている。不潔な人々が食料をもってくると、受け入れ簿に細目を書き込み、不潔な人々が立ち去ると、がつがつと食ってしまう。パン職人が二度目にやって来て、書類を覗《のぞ》こうとする。

清潔な人々　何をじろじろ見てる？　書類に近寄ってはいかん！　これはね、兄弟、きみの頭じゃわかりっこないんだ。

第十三場

鍛冶屋と漁師　約束のものを分配して欲しい。

僧侶　（憤然として）なんだね、きみたち！　食べ物の話をもちだすのは、少し早すぎやしないか。

ラージャ　（相手をデスクから遠ざけて）あそこで鮫が捕れたよ。鮫を見てきなさい。卵を持っていないかどうか。ミルクが合うかどうか。

鍛冶屋　（威嚇する）あんたも、パシャも、ラージャも、みんな同じだなあ。トルコ人がよく言うじゃないか。「おい、パシャ、ふざけるな！」って。

第十四場

鍛冶屋と漁師、立ち去り、一分ほど経つと、ほかの不潔な人々と一緒に戻ってきて、デスクに近寄る。

鍛冶屋　ちゃんと教わってきたぞ！　いくら搾ったって、鮫からミルクが出るものか。

靴屋　（書き物をしている人たちに）昼めしの時間だ！　早く切り上げてくださいよ！

イタリア将校　まあ見たまえ、なんて美しい風景だろう。波と鷗。

小作人　シチューとお茶の話でもしたほうが、まだましだぜ。

一同　さあ、仕事だ！　仕事だ！　鷗にかまっちゃ、いられない。

不潔な人々が群がってきて、デスクがひっくり返される。からっぽの皿が大きな音を立てて甲板に散らばる。

お針子と洗濯女　（悲しそうに）みんな食べちゃったんだ、大臣連中が。

大工　（ひっくり返されたデスクに駆け寄る）みんなあ！　これは裏切りだ！　うしろからナイフで刺しやがった！

声々　フォークも使ってよ！

坑夫　おい、みんな！　こりゃ何事だ！　前には一人で食っていやがったのが、今度は一連隊で食ってやがる。共和政治てのは独裁政治と同じじゃねえか。口の数が増えただけだぜ。

フランス人 （歯をほじくりながら）何をかっかしてる？ 約束通り、平等に分配してるじゃないか。ある者にはドーナツ、別の者にはドーナツの穴。これぞ、民主的共和政治というものさ。
ロシアの商人 西瓜《すいか》を分ければ、どうしたって種のとこがあたるやつが出るのと同じことでね。
不潔な人々 ようし、じゃ、階級闘争ってやつをお前らに見せてやる。
ドイツ将校 待ってください、みなさん！ ぼくらの政治はですね、決して……
不潔な人々 ようし、四方から火責めときたか！ じゃ俺たちは、政治とはなんなのか教えてやろう！ いいか、じき焦げ臭くなるからな。俺たちこそ革命の火付け役だ。最近のブルガリアみたいにな。

清潔な人々が食事のあいだ積み上げてあった武器を奪い、それで武装した不潔な人々が、清潔な人々を船尾に追い詰めてゆく。海中に投げ落とされる清潔な人々の踵がちらちらと見える。ロシアの商人だけが、石炭箱に閉じ込められる。

ヒステリーの女 （不潔な人々の足元に絶えずまつわりついて、両手を組んで揉むように動かしながら）ああ、また、また、家がこわされる、また、また、騒乱と騒音……もうたくさん！ もういや！　血を流さないで！　ねえ、もう我慢できない！
小作人　どうしようもない、うるせえ婆あだ。唾を飛ばしやがって。革命てのはね、マダム、士官学校の生徒じゃねえんだからよ。甘く考えねえこったね。（丁寧に女の手を取る。女はその手に縋りつく）だから、そうしつこくするな、てばよ。
鍛冶屋　その女、ハッチのなかに放り込め！
煙突掃除人　あそこじゃ息が詰まるべ。なんちったって貴婦人だからな。
小作人　何をぐずぐずしてる？　もしあいつらが戻ってきてみろ、俺たちゃ十字架にかけられる。
不潔な人々　まったくだ！　ちげえねえ！　俺たちか、あいつらか、食うか食われるかだべ！
鍛冶屋　じゃ、みんな、このヒステリー婆あ、長靴で蹴り出すしきゃねえな。おい、みんな、なんだって喜ばねえんだ？　喜べよ！

だが、不潔な人々の声は陰気だ。共和国は、食料の残りを完全に食いつくしていたので。

パン職人　喜べ！はいいけど、パンの蓄えは？
お針子　喜べ！　だってさ。みんなパンの心配で、頭がいっぱいなのに。

点灯夫　喜べ！か。どこへ行っても、深い淵が大きな口をあけて待ってるのに。
煙突掃除人　喜べ！って言われたって、艫《とも》にゃ一切れのパンもねえんだ
何人かの者　（一斉に）喜べって怒鳴る前に俺たちに何か食わせろよ。俺たち、腹ぺこで、くたぶれてるんだ。もう百歩も歩けねえ。
小作人　腹ぺこだ？　くたぶれた？　鋼鉄がくたぶれるってこと、あるだろうかね。
洗濯女　あたいたち、鋼鉄とはちがうもん。
鍛冶屋　じゃ俺たち鋼鉄になろうよ。旅の途中で立往生しちゃいられないだろう。食料を食っちゃったやつらは、みんな溺れて死んだから、食われたものを取り返すこともできねえ。こうなりゃあ、残った戦いはひとつしきゃない。すなわち、アララート山に行き着くまで、力が尽きないようにすることだ。嵐が吹くなら吹け、暑さが焼くなら焼け、飢えがくるなら来てみろってんだ。飢えをまっすぐ見つめて、海の泡でも食ってりゃいい。その代り、ここで俺たちは万物の主人だろう。
一同　（声をそろえて）なるほど！　自分を鍛えればいいんだ！

同じような夜になる。鍛冶屋は炉の火を起こす。月が急速に移動する。

鍛冶屋　さぁ来い！　労働より重い重荷は今までなかった。修繕より強い要求もなかった。自分の胸を鉄敷の上に置くんだ。おおい！　だれから始める？
小作人　新調の蹄鉄を付けなきゃ。
大工　手を直してくんねえかな。こう節くれだってちゃ、どうもね。
漁師　俺、胸板をもう少し厚くしてえな。
点灯夫　しっかりした足が欲しい。これじゃ綿みてえだからさ。

次々と寄って来る。鍛冶屋は仕事をする。鋼鉄に造り直された人々は鍛冶屋の炉から離れて、甲板を歩き回る。朝。寒さと空腹。

運転手　食うものがなくちゃ、薪のねえ機関車と同じだな。
坑夫　俺みたく頑丈な人間でも、健康なやつには勝てねえからよ。
猟師　腹が減ってると、筋肉が次々弱ってきやがる。
お針子　（耳をすまして）ね、ね、あれなあに。音楽がきこえる。

みんな、ぎょっとして、お針子から離れた場所に座り直す。何人かは船艙に逆戻りする。だが、大工の説明もさほど合理的ではない。

大工　贋のキリストが俺たちに演説をぶってるようだな。アララート山と楽園の話だ。（はっとして飛び上がり、船べりの向こうをゆびさす）あれはだれだ。波に揺られながら、てめえの骨をおもちゃにしてる。
煙突掃除人　よせやい！　海はすっぱだかだ。だれもいやしねえよ。
靴屋　あいつだ！　来るぞ！　飢えの悪魔だ。精進落としに俺たちを食いに来たんだ！
小作人　来たって、どうってことねえさ！　ここには、臆病者はひとりもいねえんだから！
皆の衆よ、敵が船べりに来たぞ！　早く！　甲板に出ろ！　飢えの悪魔と、接舷戦だ！

第十五場

ありあわせのもので武装した人たちが、ふらふらしながら走って来る。夜が明けそめる。間。

一同　どうした、出て来い！　だれもいない……こうやって、また、だれもいない水面を眺めるだけか。
猟師　暑い砂漠で木陰を探すようなもんだな。くたばりかけているやつには、砂漠が凍ってるように見えるんだと。蜃気楼っていったっけ。
運転手　（恐ろしい興奮に襲われる。眼鏡を掛けなおし、じっと見つめる。鍛冶屋に）あれだ！　あそこ、西のほうに、ちっちゃな点みたいなのが見えないか。
鍛冶屋　見えるもんか。その眼鏡を面じゃなくて尻尾にかけようと、臼で碾《ひ》いて粉にしようと、おんなしこった。
運転手　（走って行って、捜し回り、見つけたメガホンを持って帆桁《ほげた》に登る。少しして、途切れがちな歓喜の叫びが伝わってくる）アララートだ！　アララート！　アララート！
四方八方からの声「嬉しい！　私も嬉しい！」みんなは運転手のメガホンをひったくり、寄り集まる。
大工　どこ？　どこなんだ？
鍛冶屋　ほれ、見えるだろう、あそこ、右のほうに……
大工　なんだ、ありゃ。起き上がった。背筋をのばした。歩いてくる。
鍛冶屋　歩いてくる、とはどういうことだ。アララートは山だぜ、歩けねえよ。よく目をこすって見るんだ。

大工　てめえこそ、よく目をこすって見ろてんだ！

鍛冶屋　ほんとだ、歩いて来る。人間みたいだ。そう、人間だ。老人なら杖をついてるだろうが、若者なら杖なんかつかない。おい、水の上を歩いてるぜ、地面を歩くみたいに！

お針子　鐘を鳴らすのよ！　馬が棹立ちになるほど、がんがん鳴らすのよ！　仕事なんか休みなさい！　工場の機械は止めればいい！　あれは、あの方だわ！　あの方が、ゲニサレットの湖を渡って来られたのよ！

鍛冶屋　神様のところには林檎や、蜜柑や、サクランボがあり、日に七度も春を撒き散らすことが神にはおできになるのに、なぜか俺たちには背中を向け、今ではキリストを出しに使って人間を罠にかける気だ。

小作人　そんなやつに用はねえ！　ペテン師はこの船に入れるな！　腹ぺこの俺たちに口があるのは、お祈りを唱えるためじゃねえんだ。こら、動くな！　腕ずくなら負けねえぞ。おい、何者だ、お前？

第十六場

最もありふれた「ただの人間」が、静まりかえった甲板に入ってくる。

人間　私は何者か。密林の樵《きこり》だ。蔓のように曲がりくねった愛書家たちの思想の木を伐る樵だ。人間の魂を巧みに組み立てる組立工だ。丸石や玉石の心臓音に耳傾ける石工だ。私は水に溺れず、火にも燃えず、永遠の反抗の不屈の霊だ。きみたちの筋肉に入り込むために、私はここへ来た。円柱のように身体を並べて用意するがいい。そして作業台と、工作機械と、溶鉱炉を、集めておいて欲しい。それらの工作機械や溶鉱炉は、私の演壇になるだろう。

人と機械類がひとかたまりに集まる。

人間　このたびの対決は、世界中の賭博場における最後の対決である。よく聴いて下さい！これは新たな山上の垂訓だ。雷鳴はまだ鳴りやまず、山は嵐をまだ鎮めない。おお、災いなるかな、方舟という名の浮かぶがらくたに、ぐずぐずとしがみついている人たちは。きみたちはアララートを期待しているのか。アララートは、ない。そんなものは存在しない。夢に出てきただけなんだ。もしも、この山がマホメットに似つかわしくないのなら、そんな山にどれだけの価値があるだろう！　私がいま説教しているのは、キリストの楽園のことじゃない。キリストの楽園では、断食を守った人たちが砂糖の入っていない紅茶を啜《すす》っているが、私が言わんとするのは、この地上の本当の楽園のことなのだ。キリストの天国か、福音教会の信者たちの飢えた天国か、自分で判断してみるといい。私の楽園では、どの広間でも家具が溢れそうに備わっていて、電気の公共サービスにより、洒落た安息がもたらされる。そこでは、労働は楽しく、手に肉刺《まめ》などできない。仕事は薔薇のようで、掌に花と咲く。そこでは、一歩ごとに花の海に沈んでいくような仕掛けを、太陽が拵える。ここでは、一つの世紀が野菜栽培の経験を身につけ、ガラスの敷物に堆肥を山と積み、私の畑では、茴香《ういきょう》の根っこのところで、年に六回、パイナップルを収穫するんだ。

一同（合唱）みんなで行くべ！　もう失うものは何もねえ！　だけど、罪深い俺たちを、そこに入れてくれるかな。

人間　私の楽園はだれでも受け入れる。受け入れないのは「心貧しき者」と、断食のせいで月のように膨れてしまった者だけだ。そういう象みたいなのが私の楽園に来るよりは、駱駝が針の孔《あな》を通るほうが遙に容易《たやす》い。私の所に来るのは、平然とナイフを突き刺し、鼻唄を歌いながら敵の身体から離れて行く、そんな人間だ！　おいで、決して許さなかった者よ！　きみは私の天国に最初に入る人間だ。おいで、めったやたらに恋をして、夢にうなされる姦通者よ。その血管に悪魔の反抗が流れている者よ。姦通に遑《いとま》ないきみに、私の天国をどうぞ。おいで、重荷を負わされるだけの騾馬ではない者なら、だれでもおいで。我慢しきれぬ者、窮屈でたまらぬ者は、覚えておくといい、私の天国は自分たちのものなのだと。

合唱　こいつ、心貧しき者をからかってるのかな。どこにいるんだ、心貧しき者は。なんだって、からかわれなきゃならない？
人間　道は長い。雨雲を突き抜けて行くのだ。
合唱　雨雲は一つずつ突き破ろう！
人間　もしも地獄の先がまた地獄だったら？
合唱　それでも行こう！　退却はしねえよ。だから連れてってくれ！　どこまで行きゃ天国だ？
人間　どこまで？　予言者を探すのはやめたほうがいい。きみたちが今まで尊敬していたもの、今も尊敬しているものを、ぜんぶ爆破するのだ。約束の地はすぐそこ、目の前にある！　以上。あとは、きみたちの発言だ。私は沈黙する。

「ただの人間」は消え失せる。甲板では、一同、当惑の体《てい》。

靴屋　どこ行った？
鍛冶屋　俺の中に入ったんじゃないのかな。
小作人　思いつきで、俺んなかにも入ったようだ……

何人かの声　あいつ何者だ。あの無責任な幽霊は、何者なんだ。だれなんだ。名前もない。だれなんだ。祖国もない。あいつ何しに来た？　何を予言したんだ。あたりは洪水、死の風呂場だ。それでもよかろう！　約束の地が見つかるぜ！
鍛冶屋　深淵がぽっかり口をあけたのは、不吉な前兆じゃないか。（帆桁に手をかけて）こうなったら道は一つ。雨雲を突き抜けて前進だ。
合唱　（マストに駆け寄る）空を突き破って、前進だ！

みんな帆桁に攀《よ》じ登り、そこからもう戦いの歌を歌い始める。

小作人　今こそ俺たちの雷鳴の説教だ。戦いの場で力試しをしよう。
合唱　行こう、これぞ最後の試み！
靴屋　戦いがすんだら、勝ったほうはみんなで休憩だ。足がくたびれたって、天国じゃ靴が履ける！
合唱　靴が履ける！　血だらけのやつらが、天国じゃ靴を履く！
大工　青空が開いた。あの垣根のむこうが天国だ！　太陽のタラップに、階段に、虹がかかってる！

合唱　太陽のタラップに、虹のぶらんこ！
漁師　予言者はもう要らない！　俺たちはみんなナザレの出身だ！　マストに登れ！　帆桁につかまれ！
合唱　マストに！　マストに！　帆桁に！　帆桁に！

第十七場

「帆桁につかまれ！」という声が雲の中に消えてゆく。最後の者が退場すると、石炭箱から、ロシアの商人があたりを見回しながら這い出てくる。得意そうに頭を振り振り、笑顔で言う。

ロシアの商人　どこまで阿呆なんだろ、あいつら！（方舟の輪郭を描くように手を動かして）だいぶ傷んではいるが、まあ、内輪に見積もっても四十万は固いな。

だが、商人の喜びは長くは続かなかった。一つの首が船べりに現れ、その首にひっぱられて、商人はもんどり打って海中に転落する。

——幕——

第三幕

第一景

地獄。黄色い煙のような雲が三つの層をなして棚引く。一番上の層には「煉獄」、次の層には「地獄」と記されている。下の層には、二匹の悪魔が足をだらんと垂らして腰掛けている。

第一の悪魔　そうだなあ、食い物といえば、地獄じゃ、やっぱり坊主がいないと困るんだが、ロシアの坊主どもときたら、なんてこった、夢中で食い物を追っ掛けて、闇屋の真似事をしてやがる。

第二の悪魔　（下の方をじろじろ眺めながら）なんだろ、あそこの、あれは？

第一の悪魔　ありゃ、マストだ。

第二の悪魔　マスト？　どうして……マストって、なんのマストだ！

第一の悪魔　何か、汽船のマストだろう。そう、船なんだよ！　船室のあかりだ。命知らずもいいとこだなあ。見ろ、雲を攀じ登ってる。こんな辺鄙なとこに来てまで、ああいう危ないことをしなきゃ気がすまないのかねえ。
第二の悪魔　おやじがさぞかし喜ぶだろうさ！　（第一の悪魔に、邪険に）静かにやるんだぜ、わかったかい。音を立てちゃ駄目だ！　一っ走りして、閻魔様の本部に知らせてこい。

第一場

第一の悪魔、走って行く。二番目の層に、閻魔が姿を見せる。額に掌を当てる。同じ層に、部下の悪魔たちが上がって来る。

閻魔　（部下の姿を確認して、叫ぶ）おおい、お前ら！　でっかい鍋を持ってこい！　それから、薪も、もっとたくさん持ってくるんだ。よく乾いた、太いのを！　警備隊は雲のうしろに隠れろ！　あやつらの一人たりとも、この道から逃がすなよ！

第二場、第三場

悪魔たちは身を隠す。下方から、「マストに登れ！　マストに登れ！　帆桁につかまれ！　帆桁につかまれ！」という声が聞こえてくる。不潔な人々の群が飛びこんでくる。次の瞬間、熊手を構えた悪魔たちが一斉に転倒する。

悪魔たち　う・う・う・う・う・う・う！
あ・あ・あ・あ・あ・あ・あ！
う・う・う・う・う・う・う！
あ・あ・あ・あ・あ・あ・あ！

鍛冶屋　（転倒した悪魔たちをゆびさして、笑いながら、お針子に）どうだい、あの三人、気に入ったかい？　見ろよ、一所懸命、地面を掘ってら！

騒ぎにうんざりして、不潔な人々は「しいッ」と制止する。悪魔たちは茫然となって沈黙する。

不潔な人々　ここは地獄か？
悪魔たち　（思い切り悪く）まあ、そんなとこだ。
小作人　（煉獄の上まで登りつめて）みんなあ！　道草くってねえで、早くここまで来いや！
閻魔　いいぞ、いいぞ！　悪魔ども、前に出ろ！　そいつらを煉獄に入れちゃ、いかん！
小作人　ちょっと待った、そりゃあ、なんちゅう流儀だべ？

鍛冶屋　あんた、やめなよ、そんなこと！
閻魔　（むっとして）やめなよとは、どういうことだ?!
鍛冶屋　ことば通りさ。恥ずかしくないか！　いい年した悪魔が、髪には白いものがちらほら見えてら。そんなあんたが人を脅かすすべを覚えたりしてさ！　あんた、ひょっとして、鋳物工場に行ったこと、あるんじゃないか。
閻魔　（ぶあいそに）鋳物工場には行ったこと、ねえよ。
鍛冶屋　そうだろう！　行ったとすりゃ、その髪なんか、すっかり抜け落ちていたに決まってる。まあ、ああいうとこで暫く暮らすのも悪くないんじゃないかな。のっぺりして、しかも、きりっとした、伊達男になれるぜ。
閻魔　のっぺりは結構、きりっとしたのも結構！　だが、無駄口はもういい！　さあ、焚火のほうへどうぞ！
パン職人　おもしれえ！　ちょっとした脅かし文句だ！　でも、笑っちゃうなあ！　俺たちの住むペテルブルクじゃさ、こんな木っ端にも金を払うんだ。なんせ寒いからな。ところが、ここじゃ、おもしれえのなんのって、みんな素っ裸じゃねえか。
閻魔　冗談も大概にしろ！　ここは震えて待つとこだ！　お前ら、一人残らず、硫黄で蒸し殺してやるから、まあ待ってな！

鍛冶屋　（腹を立てて）なんだ、そりゃ、それで脅かしてるつもりか！　お前らのとこなんぞ、ちょっぴり硫黄の匂いがしてるだけじゃねえか。俺たちのとこじゃな、毒ガスを放射すればだね、外套から大草原まで、ぜえんぶ硫黄になっちまうんだ。ひと師団くらい、あっというまに皆殺しだぁ。

閻魔　真っ赤に燃えてる炉だぞ、ちいとは怖がったらどうだ！　お前ら、もうじき熊手の上にのせられて炙られるんだから。

小作人　（かっとなって）さっきから聞いてりゃ、熊手がどうこうって、そんなの脅しのうちに入らねえ。お前らの阿呆臭い地獄なんぞ、おらたちにしてみりゃ甘ったるい蜂蜜みてえなもんでねえか。むかし軍隊で教わった機関銃でもって、だだだだだッと一息にぶっぱなせば、地獄の四分の三はぶっこわせるなあ！

悪魔たちは口をぽかんとあけて聴いている。

閻魔　（規律を保とうと努める）何をぼやっと突っ立ってるんだ。口ぽかんとあけて！　こいつの話はでたらめだろう！

小作人　（憤激して）おらの話がでたらめだと?!　いいか、ほらあなで寝起きするお前ら、そこに座ってよく聴け！　おらがお前ら悪魔に話して聞かせるのはだな……
悪魔たち　静かにしろ！　話を聴くんだ！
小作人　……おらほの暮らしのおっかなさだ。そのおっかないことといったら、お前らの閻魔なんか比較にもならん！　例えば、おらほには釘抜きみてえな足をいっぱい持つ蜘蛛が一匹いてな。そいつが世の中を一束にして締め上げているんだ。締め上げられているほうは、血の気をなくして真っ青さ。鉄道線路は蜘蛛の巣みたいに絡んでいるし。お前らのとこには、信心深い人や、子供らは、いねえだろうが、人を虐待するために手を挙げることは、滅多になかべ。ところが、おらほには、それがあるんだ！　そう、お前ら悪魔の住むこの地獄のほうがよっぽどましだよ。野蛮なトルコ人なんかは、悪党をつかまえると、すぐ杭に串刺しにしたりするけんど、おらほには機械とか、文化てえやつもあってな……
声　（悪魔の群の中から）しかし……
小作人　お前ら、人間の肉を食うんだろう。食材としては決して旨くはねえ。今からでも遅くなければ、モスクワのシウの菓子工場さ、連れてってやりたいよ。そこじゃ、人間の肉からチョコレートを拵えてる。
声　（悪魔の群の中から）でも、それ本当かね。
小作人　でなきゃ、黒人の皮膚を鞣《なめ》したやつを、見たことあるべ。本の装丁に使うんだそうだ。

耳に釘が打ちこんであって……さあ知らんね、なんでそんなことしたのか！　でなきゃ、豚の毛を爪の下に押し込むのはどうだい。まあ、塹壕の中の兵隊と比べりゃ、お前らの上流かぶれの殉教者なんぞ……

悪魔たち　もういい！　毛が逆立っちまう！　もういい、わかった！　やめてくれ！　寒けがする！

小作人　おっかねえと思うのか。薪の山に火をつけて、鍋を火にかけて……お前ら、それでも悪魔か？　ただの狆《ちん》ころじゃねえか！　工場のコンベヤーで、関節を引き伸ばされたのかよ。

閻魔　（困惑して）郷に入りては郷に従えということもあって……

小作人　何言ってんだ、お前らが脅かすのは臆病な連中だけってことだべ。

悪魔たち　あんたも相当しつこいね。これでも、れっきとした悪魔なんだからさ。

このやりとりをうやむやにしようと、閻魔は小作人に近づく。

閻魔　いや、ほんとは、お前さん方をお客に呼びたかったのさ。ところが、おもてなしの御馳走といっても、今あるのは骨と皮ばっかりでね。今どきの人間はご存じの通りの有り様だ。焼いたら、縮まっちゃって、皿の上のどこにあるか見えなくなる。袈裟を着た坊主の闇屋は、とんと姿を見せないしな。とにかく、いうところの食料危機ってやつで、もう、どもならん。こないだ、汚物溜めから労働者を一人引っ張りだしてきたんだが、これがとてもお客に出せたしろものじゃなくてさ。

小作人　（汚らわしそうに）黙れ、くそ野郎！（だいぶ前から待ちきれなくなっている労働者たちに）行くべ、みんな！

不潔な人々は動き出す。殿《しんがり》の一人に、若い悪魔が名残惜しげに話しかける。

若い悪魔　どうぞ、楽しい旅を！　余計な信仰なんかに煩わされず、何か新しいやり方で頑張ってください。でなきゃ、三位一体なんて、まるで無意味ですからね。何もかも片づいたら、われわれもあなた方の仕事に参加します。さあ、あと五日ばかりの断食だ。悪魔には悪魔の食欲がありますからね。言うでしょう、悪魔みたいにものすごく腹が減った、って。

不潔な人々は上へ上へと進んで行く。崩れた雲が落ちてくる。闇。無人の舞台の闇と破片のなかに、次の第二景が現れる。第二景が始まるまでは、不潔な人々の歌が地獄に鳴り響く。

鍛冶屋　身体でこわせ、地獄の扉！
煉獄もぶっこわせ！
進め、進め！
おじけづくな！

合唱　煉獄もこなごなだ！
いいぞ、いいぞ！
おじけづくな！

坑夫　進め、進め！
休めば身体は鈍るだけ！
地獄から天国へ、
上へ、上へ！
雨雲を伝って、歩けや歩け！

合唱　地獄から天国へ、歩けや歩け！

もっと上へ！
雨雲を伝って！

――第一景終り――

第二景

天国。雲に重なる雲の群。全体的に白っぽい。真ん中の雲の上に、天国の住人たちが行儀よく散らばっている。メトセラが弁舌をふるっている。

メトセラ　聖者のみなさん！　では、ミイラの服装を整えておきましょう。このたびは、特にきれいに埃を払ってくださいね。ガヴリールの話だと、信心深い人間が十四、五人は来るということですから。聖者のみなさん！　その人たちを仲間に入れてあげてください。飢えはその人たちをネズミのように弄《もてあそ》んでいます。地獄では、いろいろと嫌がらせをされたようでしてね。ですから、なんだか、うわごとを口走ったりしているような状態らしくて……

天国の人々　（大まじめに）いえいえ、それほど立派な人たちなら、一目でわかります。歓迎致しましょう。必ず歓迎しますから。
メトセラ　食事の支度をしておきましょう。私たちも末席を汚すことになります。とにかく、私たちの出会いは、この上ないほど大々的で厳かな式典にしなければならない。
天国の人々　あなたはもう九百歳を越えた最年長者でいらっしゃるから、司会をお願いします。
メトセラ　いや、司会はどうも苦手なほうでして……
一同　いえいえ、とんでもない、ぜひともよろしく……
メトセラ　（引き受けたしるしに、軽く会釈する。それから食卓の支度に取りかかる。まず、聖者たちを整列させる）雄弁家の聖者ヨハネは、このへんに席をお取りになります。歓迎の乾杯を致しましょう。私たちはあなたを歓迎します、もちろん、キリストも歓迎なさってます、てな具合にですね。ヨハネは手に本を持ってるからすぐわかります。それから、トルストイも来ますわ。なかなか立派な、絵のような風貌です。それから、ジャン・ジャック・ルソーも、お見えになるでしょう。で、みんな一列に並ぶ。私は食卓の方を見に参ります。若い天使よ、雲の乳は絞りましたか。
若い天使　はあい、いま絞ってまあす。
メトセラ　絞り終えたら、テーブルに載せておいてね。雲を薄く切って、一切れずつみんなの皿に添えるのも、わるくないと思う。父なる聖者たちにとって、肝要なのは食べ物じゃなくて、魂の救済の役に立つことばが食卓のあたりに流れていることなのだからね。

聖者たち　どうしたんでしょう、まだ見えませんか。雲の端っこのところが、なんだか妙な具合に揺れていますね。あ、来ました！　来ました！　来ました！　来ました！　おや、あれが本当にその人たちなんですか。天国に来るのに、汚れた煙突掃除人みたいななりで。洗ってあげようかしら。うーん、聖者にもいろいろあるのねえ。

第一場

下の方から声が伝わって来る。

小銃で叫べ！
大砲で怒鳴れ！
俺たちは自分自身がキリストだ、救世主だ！
俺たち自身がキリストだ！
俺たち自身が救世主だ！

床の雲を突き破って、不潔な人々が雪崩こむ。

合唱　わあ、髭づらばっかり！　三百も！
メトセラ　さあ、どうぞ、ここは静かな港です！
若い天使の声　これはまた、へんな人たちを入れたものだ！
天使たち　こんにちは！　こんにちは！　ようこそ！
メトセラ　さあさあ、ヨハネさん、この祝杯を受けてください！
不潔な人々　なにが祝杯だ！　俺たち、くたぶれて、犬みてえに腹が減ってるんだ！
メトセラ　今少しの辛抱です、兄弟たちよ！　今すぐ、今すぐ、おなかいっぱい食べ物を差し上げますから。

雲のテーブルに雲の乳や雲のパンが並んでいる場所に、メトセラは不潔な人々を案内する。

大工　さんざ歩いて歩き疲れたよ。何か、椅子でも貸してもらえねえかな。
メトセラ　いや、天国には椅子はありません。
大工　奇蹟を見せてくれる人のことは、もう少し大事にしたほうがいいんじゃねえのか。ほら、あそこに立ってる猫背の人だよ。

坑夫　悪口を言っちゃ駄目だ。肝心なのは、俺たちがもっと力を貯えることだ。

不潔な人々はワイングラスやパンの皮にとびつく。初めは驚くだけだが，まもなく腹を立て、それらの小道具を投げ捨てる。

メトセラ　召し上がりましたか。

鍛冶屋　（こわい声で）召し上がったよ、召し上がったよ！　もう少し中身のあるものはねえのかい。

メトセラ　中身のない食材はワインの中に溶かしました。いけなかったですか。

不潔な人々　俺たちは、忌ま忌ましい貴様らの出方を待ってるんだ。どうせおとなしく死んでゆく俺たちだからね。未来がこんなもんだと、わかっていたらなあ！　こんな天国だったら、俺たちんとこには池の数ほどあるぜ。

メトセラ　（鍛冶屋が怒鳴っている相手の聖者をゆびさして）怒鳴らないで下さい。怒鳴るのはまずいでしょう。これでも天使の身分ですから。

エスキモーの漁師　その身分さんと話がしてえな。身分さんは俺たちに、シチューをつくってくれるのか、くれねえのか。

不潔な人々の声　こんなとこだとは夢にも思わなかったなあ。
エスキモーの猟師　穴だ！　正真正銘の穴だよ！
運転手　ぜんぜん天国らしくねえもんな。
靴屋　これで天国に辿り着いたなんて、とても言えたもんじゃねえな。
召使　だから、俺に言わせても、こりゃやっぱり穴なんだよ！
小作人　お前さんたち、どうして何もせずに、じっと座ってるんだ？
一人の天使　そんなことありません。ときどき地上に降りて、行い正しい兄弟や姉妹の所へ行って、お祈りに使うオリーブ油を撒いてきます。
召使　だから、ときどき黒雲のあたりで羽がばたばたいう音がきこえるんだ。君らも相当の変り者だね。エレベーターを造っておけば、もっと楽に上がり下がりできるのに。
もう一人の天使　私たち、雲に目印を縫い付けておくんです。XとVの字をね。キリストの頭文字です。
召使　向日葵《ひまわり》の種でも噛んでりゃいいのに。頭文字なんて田舎っぺーが喜ぶもんだぜ。
小作人　地上なら、おらほさ来ればいいんだ。そうすりゃ怠け者も怠けなくなる！　今な、こんな歌、歌ってら。「倒せ暴君、断ち切れ手足の枷」ってね。あんた方、高いとこにいるから見えねえかしんねえが、歌声ならここまで届かねえとも限らねえ。

お針子　ペテルブルクにそっくりね。住民はみんな退屈してるのよ。食べるものを食べつくしちゃったら。
不潔な人々　ここは退屈だなあ、おっそろしく退屈だ。
メトセラ　仕方ありませんね。ここはそういう場所なんだから。もちろん、まだまだ整備されていない点が多すぎますがね。
小作人　ここからどうやって降りるんだべ。
メトセラ　ガヴリールに訊いてみてください。
小作人　どのひとがガヴリールかね。みんな同じように見えるが。
メトセラ　（誇らしげに髭をなでて）いや、そうではありません。ちがいはあります。例えば、髭が長いとか。
不潔な人々　無駄話はもうやめろや。たたっこわせ！　こんな施設は俺たちとは関係ねえ。
小作人　約束の国さ行くべ！　天国のもっと奥を探すべ。おらたちの足でな。でっかい足で天国を掘っくりかえすんだ。
合唱　見つけよう！　世界中掘っくりかえしてでも！

上方へ昇って行きながら、天国を破壊する。

鍛冶屋　見ろ、朝焼けだ、先へ行こうぜ！　天国のもっと奥へ！　そこに着けば、精進明けだあ、肉にありつける……

だが、破壊された天国の破片を通り抜けて、一番高い所まで攀じ登ったとき、お針子が鍛冶屋の話の腰を折る。

お針子　でもね、朝焼けじゃお腹の足しにならないわ！

洗濯女　（疲れた声で）雲をこわして、こわして、こわして、ここまで来たけど、もうそろそろ雲を通りすぎる時分じゃないの？　この身体の疲れを洗い流す五月は、もうじきなの？

声々　どこへ行くんだ。気がついたら、また別の地獄なんてことはあるまいね。いっぱいくわされたんだ！　俺たち、いっぱいくわされた！　この先はどうなってるんだ。先へ行けば行くほど意味不明だぜ。（少し考えて）煙突掃除のおっちゃんを前に立てよう！　よし、行け、斥候兵！

天国の破片の闇のなかから、最後の新たな情景が浮かびあがる。

――第二景終り――

第三景

約束の地。舞台いっぱいに設えられた巨大な門。門には色が塗りたくられていて、その隅の部分から、地上の街路や広場がわずかに見える。そして塀の上には、植えられている花が風に揺れ、燃えるような虹の七色が輝いている。門の前では、斥候が興奮して、よじ登って行く人たちに声をかけている。

煙突掃除人　おおい、みんな！　こっちだ、こっち！　陸戦隊を上陸させせろ！

第一場

登ってきた不潔な人々が、ものすごく驚いて門を眺める。

煙突掃除人　すっげえ!!

大工　これは、イワノヴォ・ヴォズネセンスクだろ！　すばらしい奇蹟みたいなもんだ。
召使　ぺてん師がよくもこんなのを造ったもんだ。
漁師　いや、これはヴォズネセンスクじゃねえ。間違いねえよ。こりゃ、マルセーユさ。
靴屋　シューヤだと思う、俺は。
坑夫　シューヤとは全然ちがう。マンチェスターだね。
小作人　マンチェスターだ、シューヤだって、そんなことはどうでもいいじゃないか。肝心なのは、また地上さ帰ったってことだべ、同じ町さ？
一同　地球は丸いんだ、ちきしょう、ぐるっと回って来ちまった！
洗濯女　あの地球じゃないと思うな、あたしは。地球だったら、もっと汚水の匂いがする筈だもん。
召使　何だろうね、この空気の中の、杏みたいな甘い匂いは？
靴屋　杏か！　シューヤでな。そう、季節は秋に向かってるからね。

人々、頭をあげる。虹がひとの目を射る。

一同　じゃ、点灯屋、脚立にあがって、ようく見てくれないか。

点灯夫　（脚立に登るが、凍りついたように動かなくなる。ぶつぶつ呟くのみ）俺たち、阿呆だ！阿呆でなくて何なんだ！

不潔な人々　（いっせいに）早く報告しろ！　稲妻に打たれた鷲鳥みてえな面しやがって！報告しろてば！　ミミズク野郎！

点灯夫　だめだあ……舌が……まわらねえ……頼むよ、でっかい舌をくれ、長さ百キロぐれえの。そうして、日の光をもっと明るくしてくれ。舌がぼろっきれみてえにだらんとならねえように。そうして、舌は竪琴みてえに鳴ればいい。宝石屋のおやじが舌を動かしてくれればいいんだ。そしたら驚みてえな声が出るかもしんねえ。いや、どうしたんだろ。これでもまだ、なんにも話せねえ！　熱い酒壜が歩いてる、どくどくと音を立てて……

人々の声　どくどくと？

点灯夫　そう、どくどくと！　樹に花が咲いてる、いや、花じゃねえ、白パンだ！

人々の声　白パンだと？

点灯夫　ああ、白パンさ！

小作人　で、かみさんはめかしこんで、旦那は狆ころみてえな恰好で、町を歩いちゃ、歩道を傷めてるんだべ。

点灯夫　いや、ここからだと、だれの姿も見えねえな。そんなやつらはどこにいないぜ。あ、砂糖みてえなおなごが……ほかに二人も！
一同　おい、もうちっとばかし詳しく話してくれよ！
点灯夫　うん、いろいろさまざまな食い物や道具が歩いてる。みんな手足が付いてやがる。工場は旗だらけで、何里も向こうまで続いてる。見通せねえな。まるでムカデだ。作業台も、旋盤も、花に包まれて、仕事を休んで、じっと動かねえ。
不潔な人々　（不安そうに）じっと動かねえ？　仕事を休んで？　俺たちはここで、こうして、言葉のスポーツをやってるのによ。ひょっとして雨が降ったら、機械は傷むぜ。いっそ、こわしちまうか！　暴動だ！　おい！　あれはだれだ？
点灯夫　（あわてて脚立から降りながら）来やがった！
一同　だれが？
点灯夫　物が歩いて来る！

第二場

門が開け放たれ、町の全容が明らかになる。だが、なんという町だろう！　巨大で透明な工場や住宅が、開け放たれた姿で天に屹立している。汽車や、電車や、自動車が、虹に包まれ、立ち並んでいる。その中央に、太陽の光り輝く樹冠をかぶった「星と月の庭園」がある。ショーウィンドーから這い出た高級品が、パンと塩を先頭に立てて、門の方へ歩いて来る。身体を寄せ合い、沈黙している不潔な人々の間に、ああああぁッという声が走る。

物たち　は、は、は、は、は！
小作人　（元気を取り戻して）おめさんたち、だれなんだ？　だれの持ちもの？
物たち　持ちものとは、どういうこと？
小作人　いや、おめさんたちの主人の名前は？
物たち　主人なんか、いない！　俺たち、だれの持ちものでもない。
小作人　だけんど、パンはだれかが食べるんだろう？　塩は？　砂糖の塊は？　おめさんたち、だれを迎えに出て来たの？
物たち　きみたちをさ。みいんな、きみたちのためにさ。
一同　俺たちを？　俺たちのために？
鍛冶屋　これは夢なんだ。そうにちがいない。夢のなかの作り話だ。
お針子　いつだったか、天井桟敷からお芝居を見ていたの。舞台は舞踏会の場面。椿姫の、賑やかなパーティ。劇場の外に出たら、生きてることが悲しくてたまらなかった。ぬかるみと、水溜り……。

物たち　きみから離れて、どこにも行きゃしないよ。ここは地球だもの。

猟師　でたらめ言うんじゃないよ！　何が地球だ！　地球なんてどこもかしこも、ぬかるみと、くらがりばっかり。地球じゃ、金を稼いだところで、ぼさっとしてりゃ、脂ぎった野郎にかっさらわれるのが落ちさ。

洗濯女　（パンに向かって）だれか呼んでるけど、たぶん自分じゃ手が出ないでしょうね。高すぎてね。一・五キロが五百ルーブリとはね。

大工　（機械に向かって）こいつらもか！　寄って来やがる！　鼠の足取りで。俺たちが機械に苦しめられたのは、そんな生易しいことじゃねえんだ。苦しめられるだけで、歯の磨き方ひとつ教わったわけじゃない。

物たち一同　ゆるしてください、労働者のみなさん、ゆるしてください！　俺たちはルーブリの奴隷だった。奴隷所有者の奴隷だった。鎖に繋がれていた！　百ルーブリ紙幣と悪徳の店舗に守られていた。窓の外では夕焼けが牙をむき、あきんどの触角は店から外へと延びていた。市場の心臓は憎しみに脈打っていた！　そこへ革命という名の神聖な洗濯女が現れ、石鹸でもって地球の顔の泥をすっかり洗い流した。そしてあなた方が高い所でうろうろしていた間に、洗い清められた世界では、花が咲き乱れ、やがて萎れた！　さあ、ご自分のものを、お取りなさい！　お取りなさい！　どうぞこちらへ、労働者のみなさん！　あなた方は勝利したのです！

人々の声　足は剃刀じゃねえ、もう歩けねえかも。でも、兄弟、やってみようじゃないの。出発！

不潔な人々は歩き出す。

小作人　（地面にさわってみる）土だ！　大地だ！　なつかしい大地！

一同　こうなったら歌え！　叫べ！　祈れ！

パン職人　（大工に）あのな、砂糖を、俺ちょっぴり舐めちゃった。

大工　そしたら？

パン職人　甘いんだ、ただもう、ひたすら甘い。

何人かの声　でも、これから先、さあいっちょう愉快にやるべとなると、事はそうそう甘くはねえだろうな！

小作人　（酔って）物のみなさん、聴いてくれ！　運命を嘆くのはもうたくさんでねえか。で、どうだろう、おらたちがおめたちを作ることにしたら？　そんで、おめたちがおらたちを養うのさ。今までは旦那の強引なやり方のせいで、そたなことは認められなかったが、おらたちとおめたちとで生活を今始めるのよ。な？

一同　生活を始める！　生活を始める！

不潔な人々は食い入るように物たちを吟味する。

小作人　おら、鋸が欲しいな。しばらく野良仕事やらんかったで、身体はまだ若えよ。

鋸　いいわよ！

お針子　あたいは針をもらう！

鍛冶屋　腕が鳴るぜ――さ、ハンマーをくれ！

ハンマー　仲良くしようね、お兄さん！

不潔な人々と物と機械は輪になって、陽光のふりそそぐ庭園を取り囲む。

本　（恨めしげに）で、私は？

一同　こっちゃ来い！　むかしの難しい字がなくなれば、それでいいんだ。さあ、本も一緒に！

恭しく開かれた円陣に、本が加わる。

一同　なんで俺たちは奴隷扱いされた牛みてえにモーモー啼いたんだ？　俺たちは待った。待ちつづけた。何年も待ちに待ったが、すぐそばにこんな幸福があろうとは夢にも思わなかった。なんでみんな博物館なんかに行くんだ？　生きた宝物がすぐそばでごろごろしてるのに。なんだ、これは、青空か、コール天の生地か。もしも俺たちの手で作られたのなら、あかない扉はどこにもない筈だろう。俺たちは大地の建築家、惑星を飾る者、奇蹟を行う者、その俺たちが、ホーキ星の尻尾で光を編み直し、電気で空の黒雲を掃き清める。世界の河という河に蜂蜜を満たし、俺たちの道路を星屑で舗装する。掘れ！　穴をあけろ！　鋸で挽け！　ドリルでうがて！　すべては、ばんざい！　すべてに、ばんざい！　世界中の殿堂にいる太陽崇拝者たちに、俺たちの上手な歌を聞かせてやろう。合唱だ、太陽を讃える歌！

讃　歌（堂々と）

古来の夢は吹き払われ

世界に拡がる朝の海原。
花咲け、ここな農園よ、
この農園はわれらのもの！
頭上には太陽、太陽、また太陽。
力ある者すべて喜べ、
労働者の世界を創る組合も。
酒樽より人を酔わせる
人生だ。
暖めろ！　遊べ！　燃えろ！
太陽はわれらの太陽！
もうたくさん！
世界はくまなく歩きまわった。
鉄鎖は変貌し、愛する手の組み合せとなる。
新しい遊戯をしよう！
円陣をつくれ！
太陽をもてあそべ！　太陽を乗り回せ！　太陽ごっこの始まりだ！

暫時の間があき、それに続いて——

鍛冶屋　行こう！　町や村を回ろう！　俺たちの心を旗のように掲げよう。夜の宿の板床に厭《あ》きた者は、みんなぬかるみから這い出して来い。都会の御影石も、村落の緑の木々も、すべては俺たちのものだ。全世界がコミューンなのだ。

一同　土地を大事に思う者なら、
だれでも、
愛のこもった労働で
土地に縋って生きよう。
畑は実れ！
工場は煙を吐け！
栄えあれ！
輝け、
俺たちの
太陽コミューン！

――幕――

作者のメモ

『ミステリヤ・ブッフ』は確かな道——革命の道である。が、行く手に撃ち砕くべき山塊がどれだけ連なっているのか、はっきりしたことは言えない。

今日こそ、ロイド・ジョージの名はやかましく喧伝されている。が、彼の名とて、やがて当のイギリス人にすら忘れられるに違いない。

今日こそ、幾百万の意志が波となってコンムナ（コミューン）へと押し寄せている。が、これとて、半世紀もすれば、コンムナ麾下の宇宙艦隊が遠い遊星へと押し寄せていないとも限らない。

というわけで、あくまでこの道（形式）を守りつつ、見晴らし（内容）に多少手を加えることにした。

将来、『ミステリヤ・ブッフ』を演ずる人、舞台にかける人、朗読する人、またこれを出版する人は、おのおの内容に手を入れ、自分たちの時代に合わせ、身近なものに、新しいものに作り変えてほしい。

V・マヤコフスキー

初版から三年後の一九二一年改訂版に寄せて

（編集部訳）

著者略歴

Владимир Владимирович Маяковский
ヴラジーミル・マヤコフスキー

ロシア未来派の詩人。1893年、グルジアのバグダジ村に生まれる。1906年、父親が急死し、母親・姉2人とモスクワへ引っ越す。非合法のロシア社会民主労働党（RSDRP）に入党し逮捕3回、のべ11か月間の獄中で詩作を始める。10年釈放、モスクワの美術学校に入学。12年、上級生ダヴィド・ブルリュックらと未来派アンソロジー『社会の趣味を殴る』のマニフェストに参加。13年、戯曲『悲劇ヴラジーミル・マヤコフスキー』を自身の演出・主演で上演。14年、第一次世界大戦が勃発し、義勇兵に志願するも、結局ペトログラード陸軍自動車学校に徴用。戦中に長詩『ズボンをはいた雲』『背骨のフルート』『戦争と世界』『人間』を完成させる。17年の十月革命を熱狂的に支持し、内戦の戦況を伝えるプラカードを多数制作する。24年、レーニン死去をうけ、長篇哀歌『ヴラジーミル・イリイチ・レーニン』を捧ぐ。25年、世界一周の旅に出るも、パリのホテルで旅費を失い、北米を旅し帰国。スターリン政権に失望を深め、『南京虫』『風呂』で全体主義体制を風刺する。30年4月14日、モスクワ市内の仕事部屋で謎の死を遂げる。翌日プラウダ紙が「これでいわゆる《一巻の終り》／愛のボートは粉々だ、くらしと正面衝突して」との「遺書」を掲載した。

訳者略歴

小笠原 豊樹〈おがさわら・とよき〉ロシア文学研究家、翻訳家。1932年、北海道虻田郡東倶知安村ワッカタサップ番外地（現・京極町）に生まれる。51年、東京外国語大学ロシア語学科在学中にマヤコフスキーの作品と出会い、翌52年『マヤコフスキー詩集』を上梓。56年に岩田宏の筆名で第一詩集『独裁』を発表。66年『岩田宏詩集』で歴程賞受賞。71年に『マヤコフスキーの愛』出版。75年、短篇集『最前線』を発表。露・英・仏の3か国語を操り、『ジャック・プレヴェール詩集』、ナボコフ『四重奏・目』、エレンブルグ『トラストDE』、チェーホフ『かわいい女・犬を連れた奥さん』、ザミャーチン『われら』、カウリー『八十路から眺めれば』、スコリャーチン『きみの出番だ、同志モーゼル』など翻訳多数。2013年出版の『マヤコフスキー事件』で読売文学賞受賞。14年12月、マヤコフスキーの長詩・戯曲の新訳を進めるなか永眠。享年82歳。

マヤコフスキー叢書
ミステリヤ・ブッフ

ヴラジーミル・マヤコフスキー 著

小笠原豊樹　訳
谷川俊太郎　序文

2015年7月20日　初版第1刷印刷
2015年8月10日　初版第1刷発行

発行者 豊田剛
発行所 合同会社土曜社
150-0033
東京都渋谷区猿楽町11-20-305
www.doyosha.com

用紙　竹尾
印刷　精興社
製本　加藤製本

Mystery-Bouffe
by
Vladimir Mayakovsky

This edition published in Japan
by DOYOSHA in 2015

11-20-305 Sarugaku Shibuya
Tokyo 150-0033 JAPAN

ISBN978-4-907511-12-8　C0098
落丁・乱丁本は交換いたします